Rendez-vous
rue Molière

CATHERINE GRABOWSKI

Illustrations de Jérémie Dres

Crédits

Édition : Alexandra Prodromides
Iconographie : Aurélia Galicher
Mise en pages : Christelle Daubignard
Illustrations couverture et intérieur : Jérémie Dres

Direction artistique : Vivan Mai
Principe de couverture : David Amiel et Vivan Mai
Maquette couverture : Sylvain Collet

Enregistrement, montage et mixage : Studio EURODVD

Référence audio : p. 26-27; 30-31 - Baroque Français 2 : KAP10 - Compositeur : Jean-Baptiste Lully [PD] - Éditeur : Kapagama SACEM - Label : Kapagama Classique

© Les Éditions Didier, Paris, 2018

ISBN 978-2-278-09234-5 – ISSN 2270-4388
Dépôt légal : 9234/07

Achevé d'imprimer en Italie par Grafica Veneta en Novembre 2021

À PROPOS DE L'AUTEURE

Catherine Grabowski est une auteure française, née à Colmar, dans l'Est de la France.

Après des études à Paris, elle s'installe à Berlin où elle enseigne d'abord au Lycée Français avant de se consacrer à la conception de matériel pédagogique et à la formation d'enseignants de FLE. Passionnée par la littérature, elle expérimente depuis longtemps différentes manières de rendre la langue de Molière accessible à des lecteurs débutants et a écrit plusieurs romans courts pour adolescents ainsi que deux pièces de théâtre.

À PROPOS DE L'ILLUSTRATEUR

Jérémie Dres vit à Paris. Diplômé des Arts Décoratifs de Strasbourg, il travaille depuis 2007 en tant qu'illustrateur et auteur de reportage BD.

Il est l'auteur de deux romans graphiques : *Nous n'irons pas voir Auschwitz* (Cambourakis, 2011) et *Dispersés dans Babylone* (Gallimard, 2014) dans lesquels il développe une écriture très personnelle entre autofiction et documentaire.

Parallèlement, il réalise pour la presse des formats BD courts dans des revues comme *XXI*, *Neon*, *Muze* ou *Citrus*.

MONDES EN VF •

LA COLLECTION MONDES EN VF

Des œuvres littéraires contemporaines d'auteurs francophones

Collection dirigée par Myriam Louviot
Docteure en littérature comparée

www.**mondes**en**vf**.com

Le site *Mondes en VF* vous accompagne pas à pas pour
enseigner la littérature en classe de FLE par des ateliers
d'écriture avec :

- une fiche «Animer des ateliers d'écriture en classe de FLE» ;
- des fiches pédagogiques de 30 minutes «clé en main» et
  des listes de vocabulaire pour faciliter la lecture ;
- des fiches de synthèse sur des genres littéraires, des
  littératures par pays, des thématiques spécifiques, etc.

 Téléchargez gratuitement
la version audio MP3

Dans la collection Mondes en VF

Pour Melchior et Mara,
en espérant qu'ils aimeront un jour
Molière autant que moi.

1 Fontaine Molière, aujourd'hui

Voici une petite place à Paris. Sur la petite place se trouve la statue d'un grand homme.

À côté de la fontaine, il y a un Bar-Restaurant, une boulangerie, un immeuble… un peu comme sur une scène[1] de théâtre…

Le grand homme, c'est Molière.
Voici sa statue.
C'est un écrivain du XVIIe siècle.
Sa spécialité : le théâtre.

une fontaine

des pigeons parisiens

---

1. scène (n.f.) : *lieu où les acteurs jouent une pièce de théâtre.*

2 Rue Molière et place du Châtelet, aujourd'hui

Voici les personnages de notre histoire.

É lise habite dans l'immeuble en face de la statue de Molière, au cinquième étage. La chambre est petite mais la vue est belle. Élise peut travailler sur son lit ou rêver à sa fenêtre.

Ce matin, elle rêve. Elle pense à la semaine dernière. Elle a rencontré un jeune homme ici sur la place.

Il s'appelle Horace et il est très sympathique. Ils ont discuté mais elle n'a pas son numéro de portable. Est-ce qu'elle va le revoir aujourd'hui ? Elle l'espère.

Mais elle a aussi un grand programme : aller à l'université, préparer ses examens et s'occuper des enfants de la famille Berthier. Elle ne peut pas rester ici et attendre Horace. C'est dommage. Élise ferme la fenêtre, prend son sac et sort.

Horace sort du métro. Il pense à Élise. Il n'a pas son numéro de téléphone. Il sait juste une chose : elle habite à côté de la fontaine Molière. À midi, il va aller sur cette place avec un groupe de touristes... Est-ce qu'il va la revoir ? Horace l'espère, mais il a aussi un grand programme.

Horace est guide. Aujourd'hui, il montre le Paris de Molière à des étudiants américains. Le matin, ils veulent voir tous les lieux de la vie de Molière à Paris. L'après-midi, ils visitent le château de Versailles. Et le soir, ils vont voir une pièce de théâtre à la Comédie-Française !

Horace a rendez-vous avec eux rue Saint-Honoré, devant la première maison de Molière. Il arrive. Les étudiants américains et leur professeure, Mrs Elizabeth Henderson, sont déjà là. Il les salue et commence...

3 Le quartier de la rue Saint-Honoré, vers 1630

À cette époque[2], Molière ne s'appelle pas encore Molière mais Jean-Baptiste Poquelin. Il est né en 1622 au numéro 31 de la rue Saint-Honoré, entre les Halles de Paris et le palais du Louvre.

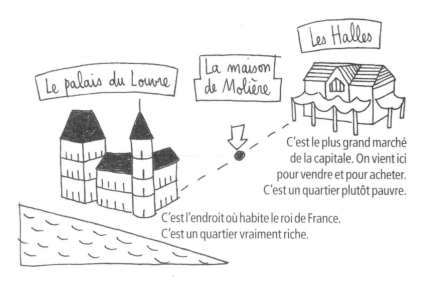

Le palais du Louvre

La maison de Molière

Les Halles

C'est le plus grand marché de la capitale. On vient ici pour vendre et pour acheter. C'est un quartier plutôt pauvre.

C'est l'endroit où habite le roi de France. C'est un quartier vraiment riche.

La rue Saint-Honoré est une rue où il y a beaucoup de magasins de luxe[3] : les gens de la cour[4] font leurs courses ici.

Dans son enfance, le jeune Jean-Baptiste peut donc écouter et regarder plein de gens de milieux très différents ! C'est très important !

---

2. à cette époque (expr.) : *en ce temps-là, à ce moment.*
3. magasin de luxe (n.m.) : *magasin où les produits coûtent cher.*
4. les gens de la cour (expr.) : *les personnes très riches qui vivent autour du roi.*

Près de la rue Saint-Honoré, il y a encore un autre endroit important. C'est l'hôtel de Bourgogne. L'hôtel de Bourgogne est un théâtre. C'est même LE théâtre de Paris à cette époque.

Le père de Jean-Baptiste ne va pas au théâtre. Il n'aime pas ça. Mais le grand-père de Jean-Baptiste va souvent à l'hôtel de Bourgogne et il emmène son petit-fils !

4 Église Saint-Eustache, aujourd'hui

Horace et son groupe traversent le forum des Halles pour aller voir l'église Saint-Eustache. Mais les étudiants ne sont pas très rapides. Ils regardent les magasins, achètent des cafés, marchent lentement. Quand ils arrivent devant l'église Saint-Eustache, Horace est seul avec Elizabeth Henderson.

Ils attendent. Ils parlent. Elizabeth Henderson a deux passions, la littérature et la mode. La littérature l'intéresse : elle pose plein de questions sur Molière. Mais la mode aussi l'intéresse : elle est à Paris depuis hier, mais elle a déjà eu le temps de faire du shopping. Elle porte une robe neuve d'un créateur[5] français.

Les étudiants arrivent. Elizabeth Henderson pose trop de questions et n'écoute pas les réponses. Elle sait beaucoup de choses et elle veut le montrer. Mais les étudiants ne comprennent pas tout. Ils font des selfies devant l'église et envoient des messages avec leurs portables.

Alors Horace réagit[6]. Il appelle tout le monde et leur montre l'église Saint-Eustache. C'était l'église de la famille Poquelin. Il leur raconte maintenant la jeunesse[7] de Jean-Baptiste.

---

5. créateur (n.m.) : *ici, artiste qui crée des vêtements.*
6. réagir (v.) : *ici, commencer la visite.*
7. jeunesse (n.f.) : *avant l'âge adulte.*

8. se moquer de (v.) : *critiquer et rire.*
9. bourgeois (n.m.) : *ici, personne riche qui fait du commerce.*

13

5 Rue Saint-Honoré, en 1643

L a famille de Jean-Baptiste est riche. Ce sont des bourgeois. Son père est « tapissier du roi ». Le tapissier du roi décore[10] la chambre du roi et fait son lit. Le père de Jean-Baptiste aime son métier. Alors, il a une idée pour son fils : Jean-Baptiste doit aussi devenir tapissier du roi !

Mais il y a un petit problème. Jean-Baptiste n'est pas d'accord. Il veut être acteur. Bien sûr, son père ne veut pas. À cette époque, être acteur est un très mauvais métier. On ne gagne pas beaucoup d'argent, on a souvent des problèmes avec la justice, on a des problèmes avec l'Église[11]. Alors, le père trouve une autre idée. Son fils doit devenir avocat[12].

Le jeune Jean-Baptiste va dans un lycée en face de la Sorbonne[13]. Il apprend la littérature et la philosophie. Mais surtout, il découvre le langage des professeurs. Plus tard dans ses pièces, Molière va souvent se moquer d'eux. Ils utilisent des mots trop compliqués. Molière n'aime pas ça.

À cette époque, Jean-Baptiste rencontre d'autres acteurs, les Béjart, et il commence à faire du théâtre. Au début, c'est difficile. Il perd

---

10. décorer (v.) : *ici, la chambre devient plus belle.*
11. Église (n.f.) : *ici, pouvoir religieux. L'Église contrôle la société du XVIIe siècle.*
12. avocat (n.m.) : *homme de loi.*
13. la Sorbonne : *université parisienne très célèbre.*

beaucoup d'argent. Il doit aller en prison[14]. Son père l'aide. Il lui donne de l'argent. Mais la vie à Paris est vraiment trop difficile. Jean-Baptiste veut partir.

En 1645, au début de l'automne, Molière quitte Paris avec ses amis, les acteurs. Il va voyager en France pendant treize ans.

---

14. aller en prison (expr.) : *il n'est plus libre.*

6 Fontaine Molière, aujourd'hui

Il est 9 h 10. Élise prend un café sur la place. Elle relit ses notes. Elle a bientôt ses examens. Elle fait des études de droit, mais elle n'aime pas trop ça. Le droit, c'est une idée de son père. Il pense qu'avocat est un bon métier pour sa fille.

Mais Élise a d'autres rêves. Elle veut faire du cinéma, écrire des scénarios[15]… Alors elle regarde ses notes, mais elle rêve aussi un peu.

À travers la fenêtre du café, elle voit la statue de Molière. Est-ce qu'il lui a fait un signe ?

Élise quitte le café et prend le bus pour aller à l'université. Quand elle passe rue de Rivoli, elle voit Horace. Il n'est pas seul. Il parle avec une dame qui porte une robe bizarre.

La dame lui prend le bras. Élise est très inquiète. Qui est cette dame ? Est-ce que c'est la petite amie d'Horace ?

15. scénario (n.m.) : *histoire d'un film.*

Elle arrive à l'université. Elle rencontre deux étudiants, François-Damien et Marc-Étienne. Ils vont en cours ensemble. Les deux garçons parlent de leurs vacances. Ils parlent d'hôtels de luxe sur la Côte d'Azur[16]. Pour François-Damien et Marc-Étienne, l'argent est très important. Ils ont beaucoup d'argent et ils le montrent. Élise ne les aime pas trop. Les hôtels de luxe ne l'intéressent pas.

Elle, elle aime le cinéma, la littérature et regarder les jolis endroits de Paris. Elle ne veut pas discuter avec eux. Elle pense à Horace. Avec lui, c'est différent. Il est drôle, il est poète, il raconte plein de choses intéressantes ! Elle est encore plus triste.

RUE
DE RIVOLI

---

16. Côte d'Azur (n.f.) : *région du Sud de la France.*

7 Entre 1645 et 1658, en province

Au début, Molière et sa troupe jouent des tragédies. Le résultat est tragique : ils n'ont pas de succès.

Ensuite, ils jouent des pièces comiques. Ça marche beaucoup mieux ! Les gens rient beaucoup !

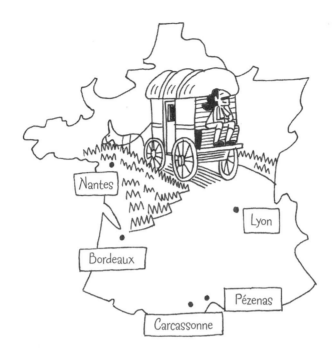

Bordeaux, Toulouse, Poitiers, Nantes, Dijon, Rouen, Carcassonne, Lyon… Molière et sa troupe voyagent beaucoup. Ils sont souvent à Pézenas, une petite ville de Provence[17]. C'est la ville du prince de Conti. Il aime les spectacles et la fête. Il adore Molière et ses acteurs. Il leur donne de l'argent et du travail. Il discute beaucoup avec Molière.

Mais un jour, tout change. Le prince de Conti est devenu très croyant[18]. Pour lui, maintenant, le théâtre, c'est le diable[19]. Il ne veut plus voir Molière. Il n'aime que Dieu. Pour la troupe de Molière, c'est la catastrophe. Ils décident alors de retourner à Paris !

---

17. la Provence (n.f.) : *région du Sud-Est de la France.*
18. croyant (adj.) : *qui croit en Dieu.*
19. diable (n.m.) : *le mal.*

8 Cour carrée du Louvre, aujourd'hui

Il est 10 h 30. Horace et les étudiants américains passent devant le pont Neuf. Horace raconte : « Aujourd'hui, le pont Neuf est très vieux… Mais à l'époque de Molière, il est vraiment neuf ! »

Le groupe arrive dans la cour du Louvre. Horace explique la situation politique en France en 1658. Louis XIV a vingt ans. Il est roi depuis l'âge de cinq ans, mais maintenant, il veut diriger le pays. Il veut être le Roi-Soleil.

Horace leur montre la statue de Louis XIV dans la cour du Louvre et la statue de Molière, place du Carrousel. Les étudiants photographient les grands hommes et le Soleil dans les fenêtres du Louvre.

Elizabeth Henderson a de nouveau plein de questions :
« Le roi habite au palais du Louvre ou au château de Versailles ? »
« Au début, Louis XIV aime beaucoup Molière, n'est-ce pas ? »
« Le roi joue lui-même dans des pièces de Molière ? »

Elle pose trop de questions. Horace ne peut pas répondre à plusieurs questions à la fois. Alors, il montre une salle du Louvre.

Là, le 24 octobre 1658, la troupe de Molière joue pour la première fois devant le roi Louis XIV. C'est un jour très important pour Molière.

Le Roi-Soleil sur son cheval

Est-ce que Molière est l'artiste préféré[20] du roi?

Est-ce que Louis XIV aide aussi Molière quand il a des problèmes avec l'Église?

Mais...

20. préféré (adj.) : *très aimé.*

9 Palais du Louvre, 24 octobre 1658

Molière réfléchit. La cour aime les tragédies avec des grands sentiments. Mais le roi est jeune. Il a seulement vingt ans. Il a peut-être envie de s'amuser.

Alors Molière joue d'abord une tragédie puis une comédie. Le roi rit. La cour rit aussi. Molière a gagné. Il va pouvoir rester à Paris et jouer devant le roi ! Le roi lui donne même un théâtre, le théâtre du Petit-Bourbon.

Molière est content. Il redécouvre Paris. La ville a changé depuis treize ans ! Molière observe les gens. Et il écrit ! Il trouve son style : se moquer des gens qui exagèrent. Il fait beaucoup de portraits de personnes ridicules[21].

Les avares

Ils aiment trop l'argent !

---

21. ridicule (adj.) : *drôle sans vouloir être drôle.*

22

Les personnes jalouses

Elles observent tout le temps les autres et voudraient être à leur place.

Les personnes amoureuses d'elles-mêmes

Elles adorent leur miroir.

10 Entre l'Université d'Assas et la rue Molière, aujourd'hui

Il est midi. Élise sort de son cours. Le mercredi, elle a cours à l'université jusqu'à 12 heures et son baby-sitting commence à 12 h 30. Alors, elle marche vite. Elle doit chercher Pierre Berthier à l'école primaire de la rue du Louvre. Henriette est en cinquième. Elle rentre seule.

Élise prend le métro jusqu'à la station Pont Neuf. Elle passe devant l'église Saint-Germain-l'Auxerrois. Molière s'est marié là. Horace l'a raconté à Élise. Horace est un spécialiste de Molière. Horace est un poète. Élise veut vraiment le voir aujourd'hui.

Pierre sort de l'école et embrasse Élise. Il veut aller au parc pour jouer, mais Élise veut vite aller rue Molière pour voir Horace. Alors, Pierre joue avec l'eau de la fontaine. Élise est à côté. Elle regarde Pierre, elle regarde la rue, elle attend Horace.

Tout à coup quelqu'un arrive dans la rue Molière. Mais ce n'est pas Horace ! C'est François-Damien !

Qu'est-ce qu'il fait là ?

François-Damien voit Élise. Il va vers elle. Il est content.

Non, Élise ne connaît pas Versailles. Elle est nouvelle à Paris. Et elle n'a pas très envie d'aller à la soirée de François-Damien mais elle parle un peu avec lui. Elle regarde la rue. Zut ! Où est Horace ? Elle n'a pas fait attention ! Et tout à coup, elle voit une scène… une scène horrible !

11 Jardins du château de Versailles, mai 1664

Le feu sort des machines !

L'eau sort des fontaines !

Le roi est amoureux.

Louis XIV construit un très beau château, le château de Versailles. Il veut être un roi différent des autres rois : le Roi-Soleil. Il est amoureux de Louise de La Vallière et il veut la montrer à la cour. Pour cela, il organise une très grande fête !

Le compositeur Lully fait la musique !

Et chez Molière, il y a toujours des amoureux !

La troupe de Molière fait plusieurs spectacles. C'est un grand succès. Il y a des danses entre les scènes de théâtre. Maintenant Louis XIV est vraiment le Roi-Soleil ! Tout le monde connaît Louise de La Vallière. Et tout le monde connaît aussi Molière !

12 Rue Molière, aujourd'hui

Il est 13 heures. Horace et le groupe d'étudiants américains sont dans le Bar-Restaurant *Le Molière*. Elizabeth Henderson est très contente. Elle dit : « Ah ! La cuisine française ! C'est merveilleux ! » Les plats arrivent. Les étudiants sont contents.

Tout à coup, Horace regarde par la fenêtre et il voit… Élise ! Élise est là ! Horace veut sortir et lui parler, mais elle n'est pas seule ! Elle est là avec un enfant et… un jeune homme… son mari peut-être ?! Pour Horace, c'est l'horreur ! Il est très triste. Il ne finit pas son assiette.

À 14 heures, ils quittent le restaurant. Horace marche à côté d'Elizabeth Henderson. Il passe devant la fontaine Molière sans regarder autour de lui. Il écoute Elizabeth Henderson. Il ne veut pas voir Élise. Il est trop triste. Ils traversent ensemble le jardin des Tuileries et la Seine et ils prennent le RER[22] pour Versailles.

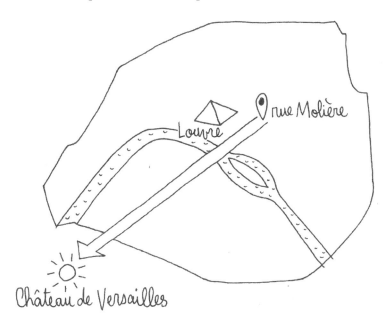

Maintenant, Elizabeth Henderson veut parler d'amour. Des amours de Molière bien sûr ! Horace ne veut pas parler des amours de Molière avec Elizabeth Henderson. Il veut parler de son amour pour Élise et… avec Élise ! Mais ce n'est pas possible… Alors Horace raconte à Elizabeth Henderson l'histoire de Molière et d'Armande…

22. RER : *moyen de transport parisien.*

13 Les amours de Molière

1643. Molière découvre le théâtre avec l'actrice Madeleine Béjart. Ils quittent Paris ensemble. Ils sont amoureux. Il a 21 ans, elle a 26 ans.

1666. Molière achète une maison à Auteuil, près de Paris. Il n'habite plus avec Armande. Il est un peu comme Alceste, il quitte la cour.

1666. Molière écrit *Le Misanthrope*. C'est l'histoire d'un homme très honnête[23], Alceste. Il est amoureux de Célimène. Mais Célimène est comme Armande. Il y a toujours beaucoup d'hommes autour d'elle. Elle trouve ça agréable. Alceste est malheureux. Il quitte Célimène et la cour.

---

23. honnête (adj.) : *une bonne personne.*

Molière et Armande travaillent ensemble mais se disputent souvent. Est-ce que Molière est un mari jaloux ?

Molière critique souvent dans ses pièces les maris jaloux. Le public rit beaucoup.

Février 1662. Molière se marie avec Armande Béjart à l'église Saint-Germain-l'Auxerrois. Il a 40 ans, elle a 21 ans. Elle est sûrement la jeune sœur de Madeleine Béjart.

Décembre 1662. Molière présente *L'École des Femmes*. C'est l'histoire d'un vieil homme, Arnolphe. Il veut se marier avec une jeune fille. Mais elle préfère un jeune homme. Le public compare Molière à Arnolphe et Armande à la jeune fille.

Mai 1664. Armande Béjart joue plusieurs rôles à Versailles. Les hommes de la cour la remarquent. Elle est contente.

14 Rue Molière, aujourd'hui

Il est 16 heures. Élise est dans l'appartement de la famille Berthier. Elle est triste. Henriette arrive. Elle a des devoirs : elle doit apprendre un texte de Molière pour son cours de français. Élise prend le livre. Le texte est un extrait[24] de *L'Amour médecin*. D'abord, elles lisent le texte. Il est drôle. Ensuite, elles jouent. Pierre écoute. Ils rient beaucoup.

Tout à coup, Madame Berthier entre. Elle vient de son travail. Elle est fatiguée. Henriette veut jouer encore une fois la pièce pour sa mère. Pierre dit : « Oui ! C'est trop drôle ! » Madame Berthier est contente. Elle prend une chaise. Henriette et Élise jouent. Mais... Madame Berthier ne rit pas. Elle dit : « Moi, je ne trouve pas ça drôle ! »

Henriette ne comprend pas. Élise comprend un peu : Molière critique les médecins et Madame Berthier EST médecin. Elle travaille beaucoup. Elle reste longtemps avec ses malades, elle les écoute, elle veut vraiment les aider... Mais les gens ne sont jamais contents. Ils veulent toujours plus de médicaments et souvent, ils critiquent Madame Berthier sur les sites Internet. Elle trouve ça horrible.

Heureusement, Henriette a une bonne idée. Elle va sur les genoux de sa mère et elle dit : « Molière aujourd'hui, il pourrait écrire une pièce contre les commentaires méchants sur Internet. »

---

24. extrait (n.m.) : *ici, partie de la pièce de théâtre. Le texte p. 33 est un extrait de* L'Amour médecin.

33

15 Molière et les médecins

Molière déteste les médecins depuis longtemps, peut-être depuis la mort de sa mère. Il avait dix ans. La liste de ses critiques est longue.

- Les médecins utilisent des mots compliqués.
- Ils font des phrases trop longues.
- Ils parlent souvent en latin.
- Les malades ne comprennent pas les médecins.
- Les médicaments ne soignent pas les malades.
- Les médecins ne sont pas intelligents.
- Les médecins ne savent rien.
- Les médecins veulent seulement gagner de l'argent.
- Les médecins disent souvent une chose et pensent une autre chose. Ce sont des hypocrites[25].

À cette époque, il n'y a pas beaucoup de médicaments. Les médecins font des saignées[26]. C'est très dangereux pour les malades.

---

25. hypocrite (n.m.) : *personne qui ne dit pas vraiment ses idées, ses pensées.*
26. faire une saignée (expr.) : *prendre, enlever du sang.*

En plus, Molière est souvent malade. Il connaît les médecins et ne veut pas les écouter. Entre 1658 et 1673, il écrit sept pièces contre les médecins !

16 Parc du château de Versailles, aujourd'hui

Il est 16 h 30. Horace et son groupe visitent le parc du château de Versailles. Il fait beau. Le parc est magnifique. Les étudiants sont contents. Ils imaginent qu'ils sont à la cour de Louis XIV. Ils font des selfies près des fontaines.

Horace voit des amoureux. Il pense à Élise. Où est-ce qu'elle est maintenant ? Est-ce que ce garçon est vraiment son petit ami ? Il n'a pas posé la question et maintenant, il trouve ça dommage.

Pour Horace, la journée est trop triste. Il veut être seul, mais Elizabeth Henderson est toujours à côté de lui. Elle dit beaucoup de choses gentilles à Horace : « Vous savez beaucoup de choses ! », « Vous êtes un guide merveilleux ! » Mais Horace ne veut pas les écouter. Aujourd'hui, il trouve tout horrible.

Horace ne croit pas Elizabeth. Elle l'aime bien. Elle lui fait la cour[27]. C'est comme ça, à Versailles. On fait la cour au roi. On fait la cour au guide.

Ça énerve Horace. Alors, il appelle le groupe et leur parle de *Tartuffe*, la pièce de Molière contre les hypocrites.

---

27. faire la cour (expr.) : *essayer de plaire, de séduire.*

17 Parc du château de Versailles, 12 mai 1664

Molière joue *Le Tartuffe* pendant la grande fête de 1664. La pièce critique les hypocrites. Elle raconte l'histoire d'Orgon et Tartuffe. Orgon est un homme riche et gentil mais il est très naïf[28]. Il aime beaucoup Tartuffe et lui fait trop confiance. Pour lui, Tartuffe est un homme très religieux et il faut l'écouter. Mais Tartuffe utilise la religion pour tromper[29] Orgon. C'est un hypocrite.

Le roi regarde la pièce et il rit. Molière est heureux. Mais les membres de l'Église ne sont pas contents.

Louis XIV réfléchit[30]. Il est le Roi-Soleil, mais l'Église est très forte. Il doit faire attention. Il interdit *Le Tartuffe*. Pour Molière, c'est la catastrophe ! Il ne peut pas jouer sa pièce. Il ne gagne pas d'argent. Il n'a pas de travail pour ses acteurs ! Il doit vite trouver une solution. Alors, il écrit, écrit, écrit...

Dom Juan[31]   *L'Amour médecin*
Le Misanthrope   *Georges Dandin*
Amphitryon   *Le Médecin malgré lui*
L'Avare   *Monsieur de Pourceaugnac*

---

28. naïf (adj.) : *qui croit trop facilement les gens.*
29. tromper (v.) : *ici, se moquer d'Orgon, profiter de lui.*
30. réfléchir (v.) : *penser à quelque chose.*
31. Dom Juan, L'Amour médecin, Le Misanthrope... : *pièces de Molière.*

Pendant cinq ans, Molière va tout faire pour pouvoir jouer *Le Tartuffe*. En 1669, il réussit. Le roi est enfin d'accord : il peut jouer la pièce !

18 Rue Molière, appartement des Berthier, aujourd'hui

Il est 19 h 30. Ce soir, Monsieur et Madame Berthier vont au théâtre et Élise reste avec les enfants. Madame Berthier choisit une robe dans sa chambre. Les billets sont sur la table. La pièce est à la Comédie-Française.

Tout à coup, Monsieur Berthier rentre de son travail. Il ne va pas bien. Il a mal à la tête, il veut aller au lit.

Mais... et le théâtre ? Monsieur Berthier a oublié ! Madame Berthier prend une chaise. Elle aussi est peut-être un peu malade. Elle préfère aussi rester à la maison. Elle regarde Élise et Henriette. Elles, elles aiment le théâtre. Elles aiment Molière ! Elles peuvent prendre les billets et aller à la Comédie-Française. Il est 19 h 50, le théâtre est tout près de la rue Molière, elles peuvent être là-bas à l'heure.

Henriette est très contente. Élise aussi. Elles se préparent vite. Madame Berthier veut donner un médicament à Monsieur Berthier mais il ne veut pas. Pierre regarde la télé. Henriette et Élise sont prêtes.

Elles ont les billets. La pièce s'appelle *Le Bourgeois gentilhomme*. Élise la connaît. Sur le chemin entre la rue Molière et la Comédie-Française, elle raconte l'histoire à Henriette.

19 Molière et la société française, vers 1670

Monsieur Jourdain est un bourgeois riche. Son rêve, c'est d'avancer dans la société. Il veut devenir un gentilhomme[32].

Pour ça, il doit faire beaucoup de choses :

- ☒ prendre des cours de danse pour être élégant,
- ☒ prendre des cours de français pour écrire de belles lettres,
- ☒ prendre des cours d'escrime[32] (un gentilhomme a toujours une épée),
- ☒ prendre des cours de philosophie,
- ☒ avoir un ami qui est gentilhomme,
- ☒ avoir une amoureuse qui est une princesse.

Monsieur Jourdain essaie[34] tout ça, mais ça ne marche pas. Tout le monde se moque de lui. Ses professeurs et son ami veulent seulement son argent. Comme tous les personnages importants de Molière, il est ridicule.

Monsieur Jourdain devient, en France, le symbole[35] d'une personne naïve. Harpagon, le héros de *L'Avare*, est le symbole d'une personne

---

32. gentilhomme (n.m.) : *qui est né dans la haute société du XVIIᵉ siècle, proche du roi.*
33. escrime (n.f.) : *le sport de Monsieur Jourdain sur l'image p. 43.*
34. essayer (v.) : *ici, faire quelque chose pour la première fois.*
35. symbole (n.m.) : *image.*

qui aime trop l'argent. Diafoirus, le médecin du *Malade imaginaire*, est
le symbole du médecin malhonnête. Et Tartuffe est le symbole d'une
personne hypocrite. Les personnages de Molière sont typiques[36] pour
son époque. Mais on les trouve dans la société jusqu'à aujourd'hui.

---

36. typique (adj.) : *qui représente très bien la société du XVIIᵉ siècle.*

20 La Comédie-Française, aujourd'hui

Horace est à la Comédie-Française avec les étudiants américains. C'est rouge, c'est doré, c'est très beau ! Il y a beaucoup de monde et de lumière !

Ce théâtre, c'est une idée d'Armande. Ici, elle peut jouer les pièces de Molière, même après sa mort. La Comédie-Française existe depuis 1680.

Maintenant, les étudiants savent presque tout sur Molière. Horace emmène le groupe dans un couloir avec des statues d'auteurs célèbres. Bien sûr, il y a une statue de Molière ! Molière est très important ! Aujourd'hui, on appelle même le français « la langue de Molière » !

Au fond du couloir, il y a un très vieux fauteuil[37]. C'est le fauteuil de Molière. Le grand homme est mort là, dans ce fauteuil. Horace veut leur raconter la fin de Molière, mais il est trop tard, la pièce va commencer. Ils montent le grand escalier et entrent dans la salle. C'est magnifique. Mais Horace ne va pas bien. Il dit au groupe : « Pardon, je reviens tout de suite ! » Il sort très vite.

Le grand escalier est vide maintenant. Non, pas tout à fait vide, il y a deux personnes qui arrivent, elles marchent vite, une jeune fille et une enfant.

---

37. fauteuil (n.m.) : *grande et large chaise très confortable.*

Ils sont heureux, mais ils n'ont pas le temps de parler. Le spectacle va commencer. Horace dit juste : « Je t'attends à la sortie ! » et il part vite. Il va bien, maintenant ! Élise et Henriette sont à leurs places. La pièce commence. C'est le bonheur.

21 Palais-Royal, vendredi 17 février 1673

Molière a 51 ans. Il est riche. Il est célèbre. Il a écrit plus de trente pièces de théâtre. C'est énorme. Mais il travaille trop. Il est souvent dans des châteaux très froids. Il est malade.

En plus, il a des problèmes avec le roi. Maintenant, Louis XIV préfère le musicien Lully et Molière est jaloux.

Il a des problèmes avec Armande. Elle aime souvent d'autres hommes.

Il a des problèmes avec son public : le public n'aime pas voir un acteur malade.

Mais Molière veut continuer. Il écrit sa dernière pièce. C'est *Le Malade imaginaire*. Le personnage principal s'appelle Argan. Il n'est pas malade, mais il VEUT être malade. Alors, il imagine des maladies et son médecin l'aide.

Molière, le vrai malade, joue un faux malade. C'est pratique. Quand Molière ne va pas bien, le public pense qu'Argan ne va pas bien. Il est très fatigué mais il joue quand même. Le 17 février 1673, il joue cette pièce pour la quatrième fois. À la fin, il tombe sur scène. On l'emmène. Il meurt chez lui, une heure après. Il a donné sa vie pour le théâtre.

22 Devant la fontaine Molière, aujourd'hui

Il est presque minuit. Henriette est dans son lit. Elle rêve de théâtre. Élise ferme la porte de l'appartement des Berthier. Elle traverse la rue Molière. Devant la fontaine, Horace l'attend. Il prend Élise dans ses bras. Ils ont beaucoup de choses à se dire. Ils sont enfin seuls…

Seuls ? Peut-être pas tout à fait… Molière est là aussi. Il protège les amoureux.